缅甸小日子

CHRONIQUES BIRMANES

[加] 盖·德利斯勒（Guy Delisle）编绘　王大莹 译　后浪漫 校

后浪出版公司

湖南美术出版社
全国百佳图书出版单位

图书在版编目（CIP）数据

缅甸小日子 /（加）盖·德利斯勒编绘；王大莹译. -- 长沙：湖南美术出版社，2020.8
ISBN 978-7-5356-9050-0

Ⅰ. ①缅… Ⅱ. ①盖… ②王… Ⅲ. ①游记 - 作品集 - 加拿大 - 现代 Ⅳ. ① I711.65

中国版本图书馆 CIP 数据核字 (2020) 第 016711 号

Originally published in French under the following title:
Chroniques birmanes, Delisle
www.guydelisle.com
© Éditions Delcourt -2007

本书中文简体版权归属于银杏树下(北京)图书有限责任公司。
著作权合同登记号：图字18-2019-350
审图号：GS（2020）1066号

缅甸小日子
MIANDIAN XIAO RIZI

出 版 人：黄　啸
编　　绘：[加] 盖·德利斯勒
译　　者：王大莹
校　　对：后浪漫
选题策划：后浪出版公司
出版统筹：吴兴元
责任编辑：贺澧沙
特约编辑：将土茗
营销推广：ONEBOOK
装帧制造：墨白空间·李珊珊
出版发行：湖南美术出版社
　　　　　（长沙市东二环一段 622 号）
　　　　　后浪出版公司
印　　刷：捷鹰印刷（天津）有限公司
　　　　　（天津市武清区汊沽港镇秀园道 16 号）
开　　本：720×1000　1/16
字　　数：47 千字
印　　张：17
版　　次：2020 年 8 月第 1 版
印　　次：2020 年 8 月第 1 次印刷
书　　号：ISBN 978-7-5356-9050-0
定　　价：62.00 元

读者服务：reader@hinabook.com 188-1142-1266　　投稿服务：onebook@hinabook.com 133-6631-2326
直销服务：buy@hinabook.com 133-6657-3072　　　　网上订购：hinabook.tmall.com（后浪天猫店）

后浪出版咨询(北京)有限责任公司 常年法律顾问：北京大成律师事务所　周天晖 copyright@hinabook.com
未经许可，不得以任何方式复制或抄袭本书部分或全部内容
版权所有，侵权必究

本书若有印装质量问题，请与本公司图书销售中心联系调换。电话：010-64100190

缅甸联邦共和国

缅甸官方名称。自1989年起被联合国采用。

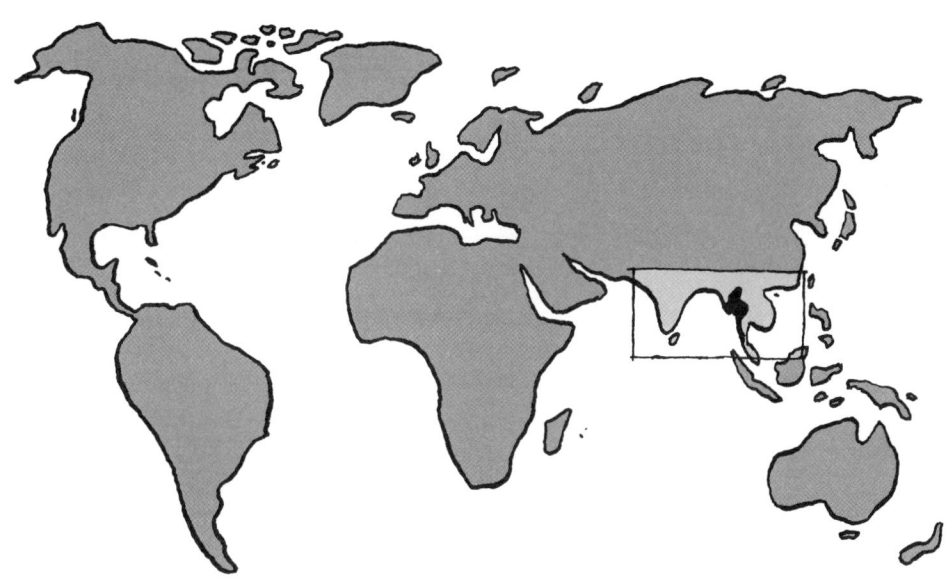

洪沙瓦底

缅甸旧称。那些不承认缅甸1989年政府的国家如：法国、澳大利亚、美国等一直沿用这个名称。

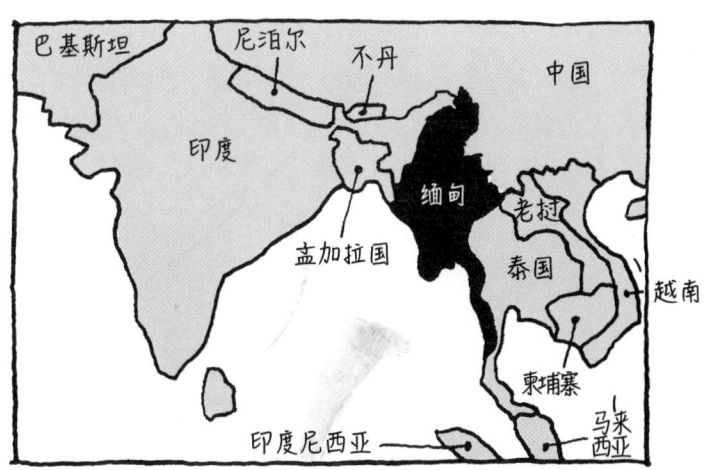

*本书插图系原文插图。

1. 危地马拉官方语言为西班牙语。

1.《星际迷航》的西班牙语名。
2. 斯波克（Spock），《星际迷航》主角。
3.《星际迷航：原初系列》每一集开头的旁白。

招待所

跟我们之前预想的不一样,无国界医生组织(简称MSF)并不提供住所。我们得自己找房子。

啊?

找房子期间,我们一家暂住在招待所——外国人在缅甸首都的临时落脚点。

一楼是各个项目组的办公室。

就这样,在我们刚到缅甸的日子里,我在楼上的临时住所照顾儿子路易,我太太纳黛琪在楼下办公室做她的新工作。

在楼上,我一刻都不敢懈怠地看着路易。

因为房间里到处是电源插座。这简直就是给宝宝们布下的陷阱。

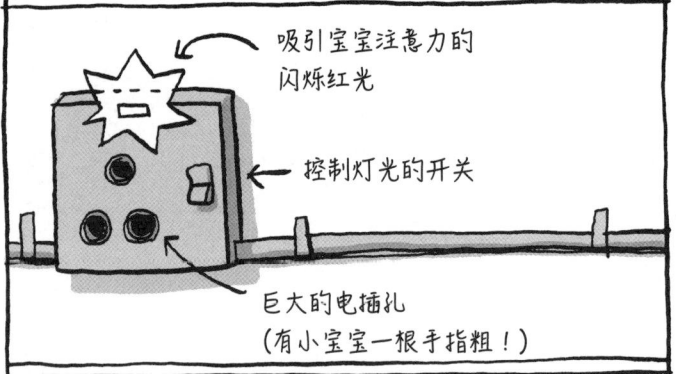

吸引宝宝注意力的闪烁红光

控制灯光的开关

巨大的电插孔（有小宝宝一根手指粗！）

加上一边一条红粗电线、被固定在地板上的变压器。

阿大？

就在出发前，一位急诊大夫还给我讲了触电会给孩子带来什么样的创伤。

这一切，再加上倒时差的疲倦，让我时刻处在一种恐慌中。

《时代周刊》

外派人员通常不会带走他们带来的书,以至于某些屋子里的书堆得都可以媲美小藏书馆了。

但在这儿却实在没什么书可看:两本《缅甸旅游指南》,一本《泰国旅游指南》,其他就全是人道主义行动的书了。

湄公河疟疾论坛

不过他们倒是订了《时代周刊》。我全翻了个遍。

哎,这本怎么少了几页。

在缅甸,所有杂志的出版都要先经过政府审查。那些有损国家形象的文章会被直接删掉,不得出版。

噢,我差点忘了这个国家没那么民主……

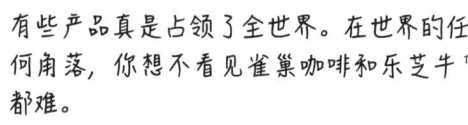

1. 全球知名奶酪品牌。

热带地区的建筑

为了尽快找到房子住,我们联系了一家房产中介服务公司。中介天天给我们打电话。

铃铃铃!

虽然我们跟中介说我们想找的是小而不贵的房子,但中介还是带着我们东一处西一处地看了许多莫名其妙、完全不合适的房子。

这里的出租房源倒是很多。自从美国对缅甸实施了贸易禁运,很多外国人就离开了这个国家。

没有空调?那算了吧。

在这样一个贫穷的国家里,房屋建筑业却异常兴盛。每条街都有建筑工地。

原因也很简单:银行不可靠。有钱人都希望投资保值的东西。

2005年初,没有任何预告,政府相继关闭了亚洲财富银行和五月花银行。

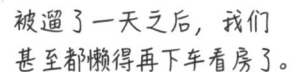

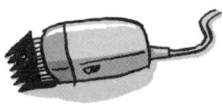
缅甸意外事件 I

受够了要人命的热天气,我干脆把头发剃了。

给自己理发可不是件容易事。

手一滑推子就飞了,头上豁了一块,还是个三角形。

秃了的那块简直有魔力,我总下意识地摸那块露出的头皮。

太阳底下那块头皮被晒得灼热,让我有点小中暑……

有点小头痛……

还有点小发抖。

嘶……

医疗区

为了和即将离任的项目负责人交接,纳黛琪需要去医疗区实地了解一个项目的进展情况。

她得坐一整晚的大巴车去那边,总共得在那边待三天。

这是生产后她第一次离开路易这么长时间。

对我而言也是第一次独自照顾路易这么长时间。

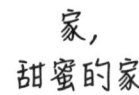

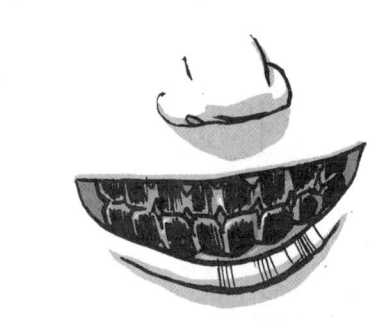

1. 缅甸语：你好。后同。

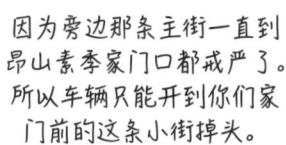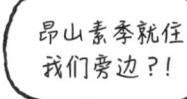

其实她并不是真的囚犯。她不能离开自己家,但是只要她想,随时可以离开这个国家。然而她选择留下来,用这个行为表达抗争。

自1988年她回到缅甸,她就和她组建的缅甸全国民主联盟(NLD)一起站到了反对暴政的最前线。尽管遭到了软禁,她仍在缅甸大选中获得了80%以上的民众支持,但军政府并没有因此给她让位,反而更加残酷地压迫她的政党。

从那以后十五年的大部分时间里,她被迫在沉默中度过。没有报纸,没有电视,没有网络,只通过一台收音机了解外部消息。如今(2007年)她60岁了,有两位雇员帮她处理日常事务,每月有医生上门例行为她体检一次。[1]

1. 2010年昂山素季被释放。

生日快乐

今天项目负责人助手邀请我们去他家为他儿子过周岁生日。

太好了!今天可以去缅甸人家里参观。

孩子爸爸也会借这个机会宣布儿子的大名。他一出生发出了"啊咕""啊咕"的声音,他爸妈就一直叫他"阿古"。

啊咕!
啊咕!

这是缅甸人通常的做法。孩子出生之后,先取小名,然后才取真正的名字。而这个小名往往会伴随孩子一生。

他们住在居民区的一间公寓里。

太棒了。

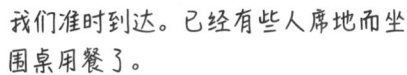

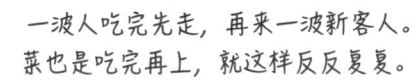

重启

终于我们看到一处确实不错的房子,只是对有孩子的夫妻来说有点小。

阿西斯建议我们别住那儿,说可以把他的房子让给我们住。

我必须承认阿西斯的友善感动了我。这些年辗转于各个国家,遇到过形形色色的项目负责人,但像阿西斯这样友善到愿意把房子给我们住的,之前还没有遇到过。

阿西斯的人道主义热忱从来不会在出了办公室门之后就减弱半分。

除了房子,我们还"继承"了他的电视和天线。

喷,没有《星际迷航》。

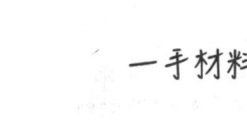

1. 让·谷克多（Jean Cocteau），作家。毕加索的密友兼忠实拥护者。

小乘 = 小车

每天早上8点,都有一个人敲着钟从我们门前经过。

他身后跟着十来个赤脚的小沙弥,

沿路接受邻居们的布施。

他们每个人都捧着一个盛米饭的钵盂。米饭之外的其他食物则被一位俗家弟子收走,他推着餐车,走在队伍最后。

有天晚上我失眠,才发现他们在凌晨4点和6点也会来一趟。

想要积功德，办法也有很多：布施财物给寺院、扫塔，或者直接建一座塔。

奈温就是这么做的。吴奈温，1962年起以铁腕统治着缅甸，是缅甸军人专政第一人。

在压迫了人民一辈子后，他竭尽所能积攒功德，希望来生不要变成老鼠或是青蛙。

好啦！这是好事对吧？

这些小和尚很可爱吧？

从今天起我们每天早上都捐大米给他们吧！

第二天早上同一时间。

呼噜！

缅甸人信奉上座部佛教，也就是汉地俗称的小乘佛教。小乘佛教教义出自佛陀亲传弟子手书，因此有人认为小乘佛教的教义最接近佛教真谛，也最纯粹。

根据小乘佛教的教义，佛不是神，而是一个觉悟的人。对他祈祷没有用，他也不会保佑任何人。

拯救自己是每个人必须自己努力的事，成为僧侣或者遵守寺院里的众多戒律都可以度化自己。

正因为通往涅槃境界的道路限制太多，且只有小部分人能到达，所以才叫"小乘"（小车）。

我的天啊！要达到涅槃境界必须得亲自修行才行啊。

我可得开始身体力行了。

我家附近就有一个主要接待外国人的禅修中心。

看看去。

然而我打听到上一次禅修课得在里面待上十天后，我就退缩了。

去蒲甘旅游

无国界医生组织

无国界医生组织（MSF）在缅甸有三个分支：荷兰 MSF、瑞士 MSF 和我们所属的法国 MSF。

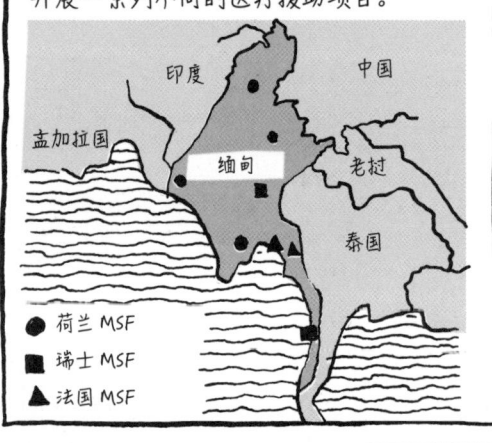

各个分支活跃在这个国家的不同地区，开展一系列不同的医疗援助项目。

● 荷兰 MSF
■ 瑞士 MSF
▲ 法国 MSF

比如治疗艾滋病、肺结核、疟疾；急救；支持现有的医疗基础设施等等工作。

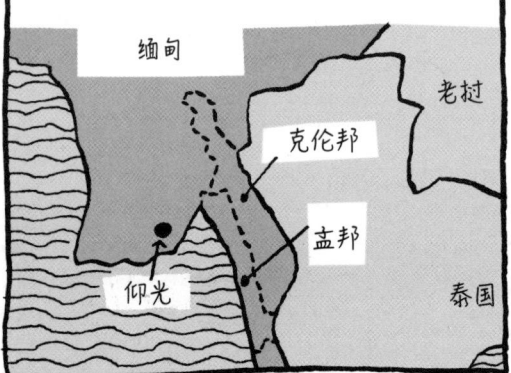

法国 MSF 负责孟邦和克伦邦，这两个邦地处缅甸东部，与泰国接壤。

这两个地区都是政治敏感地带，由独立武装力量分别掌控。

*SPDC（State Peace and Development Council，缅甸联邦国家和平与发展委员会）；KPF（Karen Peace Force，克伦和平力量组织）；KNU（Karen National Union，克伦民族联盟）；DKBA（Democratic Karen Buddhist Army，民主克伦佛教军）。

这些区域没有医疗系统，人民自生自灭，得了病也没处治。由于疟疾在缅甸的一些地方乃至全国范围内都是致死率最高的疾病，无国界医生组织借此向当地政府提出针对疟疾的医疗方案，试图接触这些在政治上饱受歧视的居民。

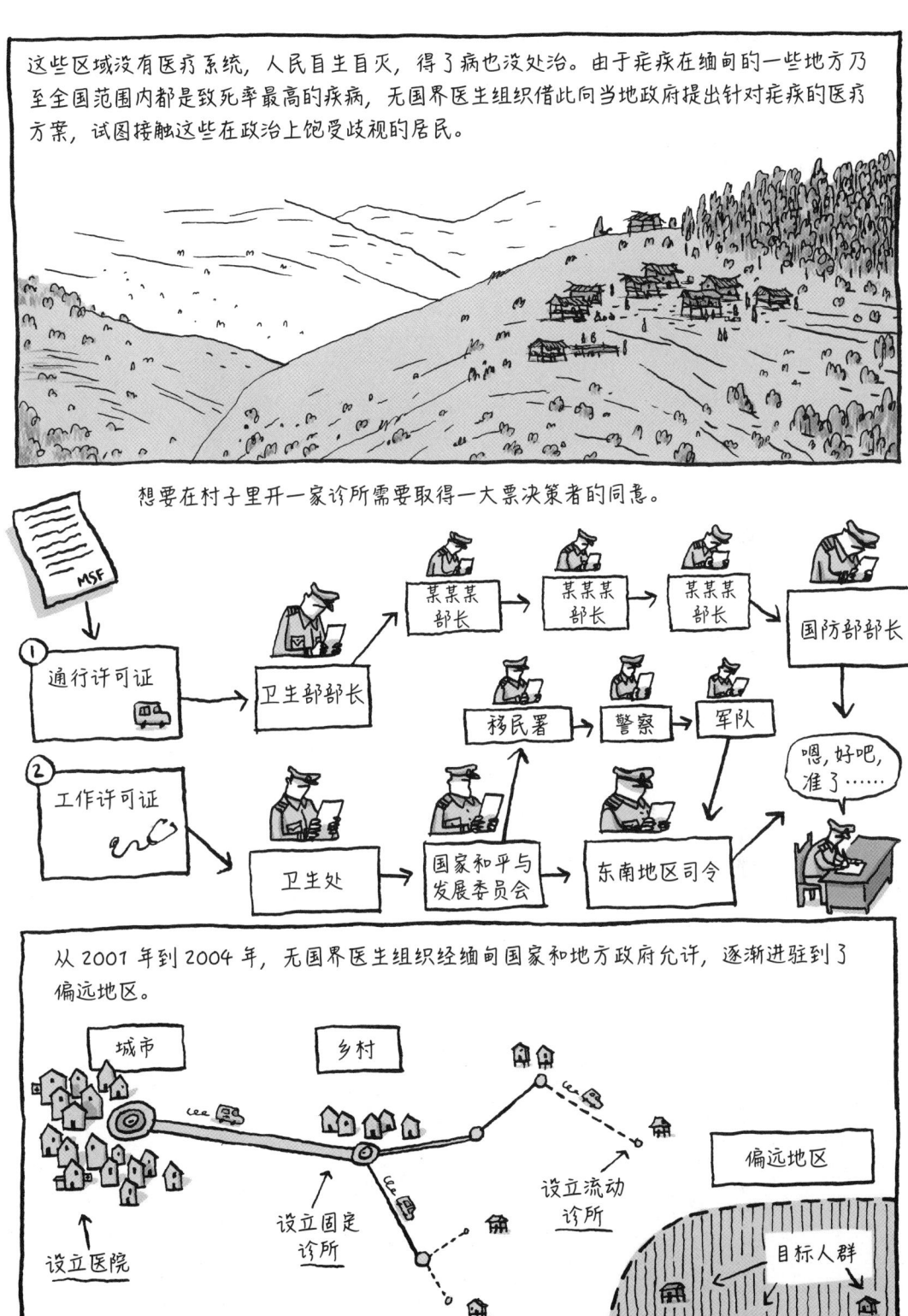

陪路易在家待了一整天,晚上我抓住所有机会和大人们交谈。

有一个在无国界医生组织工作的伴侣,我们的生活圈子里自然有很多在其他非政府组织工作的人。

因此我常常听到关于人道主义行动的大辩论。

而我自己天天待在家里,自然没啥可说。这也使我有些微的脱节感。

我唯一能跟他们分享的信息就是都市大卖场里新到了日本尿不湿。

1. 费南代尔（Fernandel），法国著名喜剧演员，出演《阿里巴巴与四十大盗》《恶魔的十个指挥》等片。

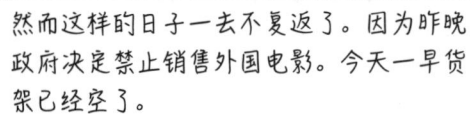

1. 英国老牌复古摩托车。

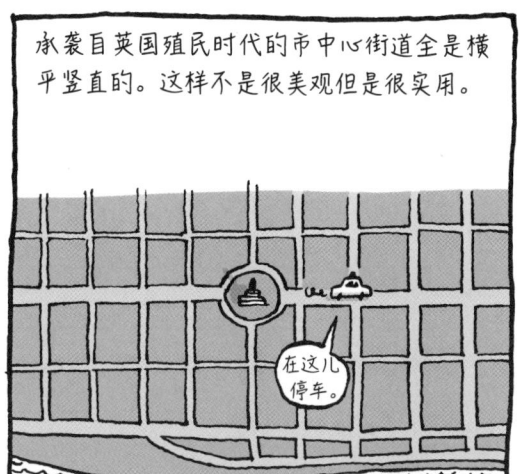

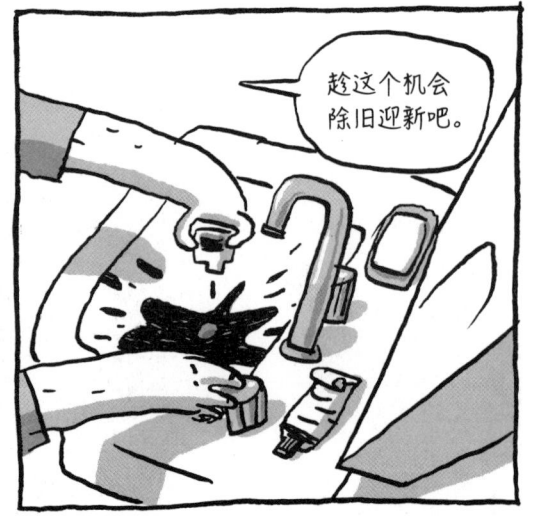

1. 德国著名笔商。

糊弄人的审查

缅甸的杂志很多,据说每周会出版80多种。

有些是彩色的,但大部分是黑白的,用纸也很劣质。

缅甸也有一些日报。在缅甸,所有出版物在出版发行前都需要经过审查。

人们读书看报时也常常会发现审查留下的痕迹。

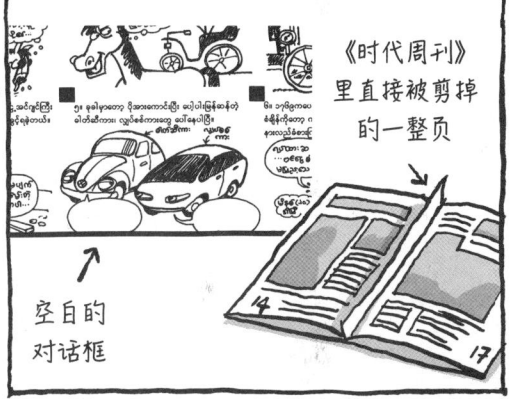

《时代周刊》里直接被剪掉的一整页

空白的对话框

听说在过去,出版社需要用银色不透明的颜料覆盖那些被认为对读者有害的文章。

也可以使用剪刀直接剪下这些"毒草"内容,然后按印数将剪下来的文章如数上交给审查办公室。

《缅甸新光报》

是国家官方报纸,在缅甸随处可见,有英语版和缅甸语版。它代言政府的意图过于明显,我怀疑这个国家里有没有人真相信里面写的东西。

什么?不是真的?

头版登载的永远是所谓的人民的奋斗目标,分为三大块:

- 四大政治目标
- 四大经济目标
- 四大社会目标

接下来第二版登载人民的"愿望"。这四句话在缅甸可以说无处不在:书籍、杂志、DVD、电影放映前,甚至我家旁边公园的入口……都可以看到它们。

人民四大愿
- 打倒一切借助外部力量蓄意助长消极思想的人。
- 打倒一切企图破坏国家稳定和发展的人。
- 打倒一切妄图干涉缅甸内政的国家。
- 粉碎内外破坏势力,并把他们视为人民公敌。

打倒……粉碎……呵……

这些宣言真够偏执的……

真令人头秃。

瞧瞧这些标题:
与斯洛伐克大使会晤并达成共识、
玉石销售吸引483位买主、
林业稳定发展、
插花课开班……

还有最高领导人丹瑞大将军语录:
"培养人才是国家发展的迫切需求。只靠民主不能保证并支持国家长远发展。"

哦哟!

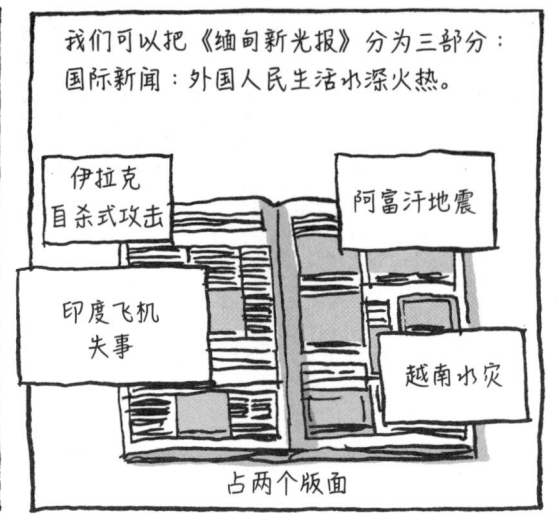

> **Senior General Than Shwe delivers ...**
> *(from page 1)*
> Commander-in-Chief (Navy) Vice-Admiral Soe Thein, Commander-in-Chief (Air) Lt-Gen Myat Hein, Commander of Central Command Maj-Gen Khin Zaw, Ministers Maj-Gen Htay Oo, U Aung Thaung, Maj-Gen Saw Tun, Brig-Gen Ohn Myint, Brig-Gen Thein Zaw, Col Thein Nyunt, Maj-Gen Thein Swe, Brig-Gen Lun Thi, U Thaung, Dr Chan Nyein, Dr Kyaw Myint and Brig-Gen Thein Aung, Military Appointment-General Maj-Gen Hsan Hsint of the Ministry of Defence, Defence Services Inspector-General Maj-Gen Thein Htaik, Maj-Gen Kyi Win of the Ministry of Defence, Vice-Chief of Armed Forces Training Maj-Gen Aung

↑
有些报纸上的文章只是一个出席活动的官员名单。

最后是体育版和文化版，缅甸人最常读这两个版面。这么多年来，他们早已深谙其他版面都登些什么了。

他们还可以收听泰国的缅甸语广播。

噢！我在画各种军装的时候注意到一个细节。

平民或无军衔士兵的衬衫
↓

高级军官的衬衫，调整了口袋位置
↓

不是很方便，但对秀这一行行的军功章可是很有必要。

这个国家的军人最怕的是其他军人。

争权夺利导致体制内斗无休无止。

2004年10月,前总理钦纽下台事件还令人记忆犹新。

钦纽被认为是一位温和的改良者。他曾经尝试改善最高领导人和他的政敌昂山素季之间的关系。结局如大家所知,并没有成功。

钦纽与国外联系密切,他一直致力让缅甸不那么与世隔绝。他也是少数拥有大学文凭的军官之一。

他身为情报部门的负责人,却没料到部门被秘密袭击,整个部门的人都被关进了监狱。

阅兵日

最近街上全是军人。

阅兵日就要到了，政府总是担心有心存不满的人借阅兵日搞破坏。

而我觉得这几乎是不可能的。因为几个星期以来，每200米就有一个工作人员在日夜监督阅兵经过的那条街。

他们还要仔细勘察地面，以免地下藏有炸药。

看他们的神情就知道他们实在不喜欢这个任务。

1. 法鲁达（Falooda）是缅甸流行的一种夏季甜点饮料，主要成份是玫瑰露和炼乳。

来缅甸的前几天,我在巴黎街头遇到一个磨刀匠。

这在巴黎很罕见。我还以为这种场景只存在于罗伯特·杜瓦诺[1]的照片里。好像是东边来的移民把这个昔日的行当又带回到了今天的生活中。这样挺好。

几天之后,我又看到了缅甸的磨刀匠。

糙了点,但更高效。

1. 罗伯特·杜瓦诺(Robert Doisneau)是法国平民摄影大师。

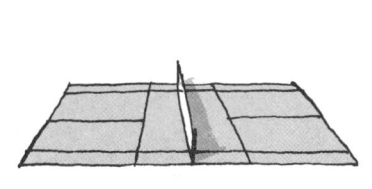

电脑

我本以为能凑合,但是最终还是决定给自己买台电脑。缅甸网吧很少,而我又必须每天和我下本书的上色师联系。

我趁无国界医生组织的司机空闲的时候请他送我去店里。因为我随身带着大量现金,不方便坐出租车。

我路上得停一下。

"路上停一下"意味着我们要花大半天时间去处理他工作上的一些事情。但我有的是时间,所以无所谓。

没问题,鲍。

当天气不那么炎热的时候,在市中心的小街上漫步是很惬意的。

这种英国殖民时代的建筑在上海和蒙特利尔都能看到。

而缅甸的建筑因经年季风的侵蚀，表面斑驳不堪，电力装置更乱七八糟的像疯狂科学家的杰作。

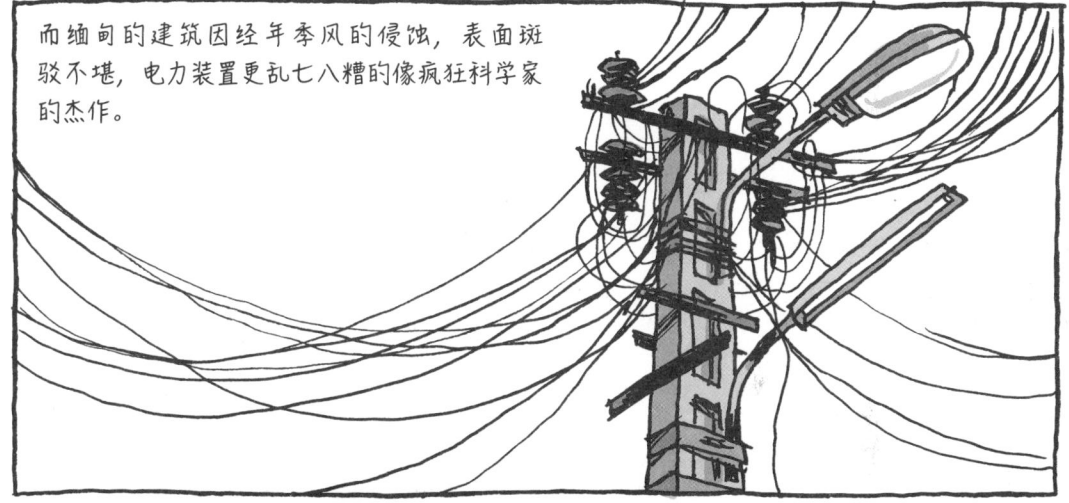

我们停下，进去一栋昏暗的大楼缴电费。

然后又去了银行。这里没有电脑，超大本的分类账簿堆得到处都是。

去哪儿买电脑呢?

接下来我们又停在一个看上去像仓库的地方。

鲍进去了,我待在门口等他。

这时一个男人突然出现,非要我进去坐下。

于是我莫名其妙地就坐在了主管的办公桌前。

很高兴和您见面……

我瞥了一眼鲍,希望他给我点提示怎么回应,但他僵在那里毫无反应。

呃……

停止流通

今天，我上当了。买东西找钱时被找了一张市面不再流通的钞票。但是我很高兴，因为我从未见过这一版钞票。

噢！

这是一张老版的5缅元钞票，上面印着昂山将军的头像，他是让缅甸独立的大英雄。

爸爸被印在钞票上，女儿却被软禁。这个国家还真是让人琢磨不透。

昂山有一张俊朗的脸。他女儿跟他长得很像。她给人印象最深的就是：她是历届诺贝尔奖得主中最漂亮的一位。

在新版钞票上，当地神话传说中的狮子像代替了英雄人物的头像。

吼！

值得一提的是，前任独裁者因为迷信发行了15、45和90三种面额的钞票。这是要逼疯人民吗？还是要培养世界心算冠军？

我多付您钱了吗？

没有，共217元，这里有两张90元，两张15元，一张5元，两张1元……

没算错。

宝宝聚会

每周三下午,爸爸妈妈们会带着孩子聚会,让宝宝们一起玩耍。
包包聚聚。
是宝宝聚会哦。

参与一些社交活动对路易有益无害。

而且说不定我还能认识一个澳大利亚人,加入那个俱乐部。

聚会的房子很大。
哇哦!

都是女人带孩子来,我是唯一一个男人。这里有小泳池、秋千、餐前开胃面包、白葡萄酒。

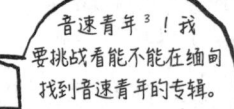

1. 切·格瓦拉（Che Guevara），阿根廷马克思主义革命家，古巴革命的核心人物。
2. 玛丽莲·曼森（Marilyn Manson），美国工业金属乐队主唱，摇滚乐歌手。
3. 音速青年（Sonic Youth），另类摇滚乐队，用即兴的噪音试验来构架自己的音乐体系。

高僧

这天早上,我们要去寺里。纳黛琪的助手吴德温要庆祝自己荣升高级僧人。吴德温是一个非常虔诚的佛教徒,他刚刚修行到高级僧人级别。

他是个儿孙满堂的已婚男人。在小乘佛教里,结婚成家不耽误修行。

你以前知道这些吗?

不知道。

周五晚上我们跟他吉别的时候,他还埋首于账簿……

第二天就见他剃了光头,那脑袋在1000多个小电灯泡的辉映下闪耀着智者的光芒。

我们带了一件小礼物。

给僧人选礼物实在不容易。

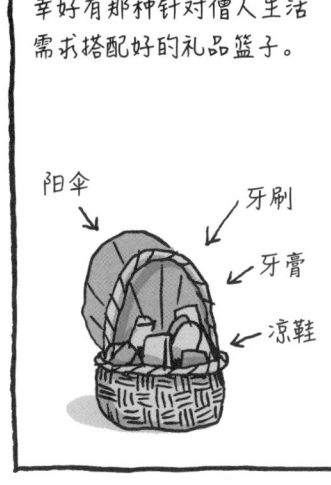

幸好有那种针对僧人生活需求搭配好的礼品篮子。

阳伞
牙刷
牙膏
凉鞋

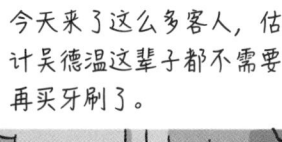

今天来了这么多客人,估计吴德温这辈子都不需要再买牙刷了。

我们在大殿里用餐。

这样更适合他,你不觉得吗?

就他那副眼镜让我觉得有点别扭。

不过那眼镜还跟达赖喇嘛同款呢!不知道这是不是也算僧人的全副行头之一。

这时,有人给我们介绍这座寺院的住持。

发电机

在仰光被殖民的时代,鲁德亚德·吉卜林、萨默赛特·毛姆和约瑟夫·凯塞尔[1]都曾出没于岸滨酒店。

我也曾在这家传说中的酒店以"祝愿荷兰女王身体健康"的名义举过杯,庆祝荷兰的国庆日。

我跟一个从布鲁塞尔来的外交官讨论漫画,也聊到了自己在动画方面的履历。

于是那一周的某天有辆奔驰轿车驶进院子,司机送来一张邀我翌日午餐的请柬。

赴宴时我认识了一位缅甸平面设计师,他一直梦想着能学动画。

后来我和他,还有他的几个伙伴一起弄了个小型的动画研习班,每周日轮流在其中一个人家里碰面。

1. 约瑟夫·凯塞尔(Joseph Kessel),法国记者和小说家,代表作《狮王》《红宝石谷》等。

因为条件有限,我们没法学得更深。在这个季节,居民区每天只供电四小时,刚够给电池充电,但是电池不是全新的,续航时间也不长。

跟他们时常碰面后,我才知道存在所谓的VIP区域,先得供养那些区域,之后才轮到城里的其他区域分剩下的资源。

1. 彼得·洛（Peter Lorre），奥匈裔美国演员，常出演精神有问题的反派角色。

湖边

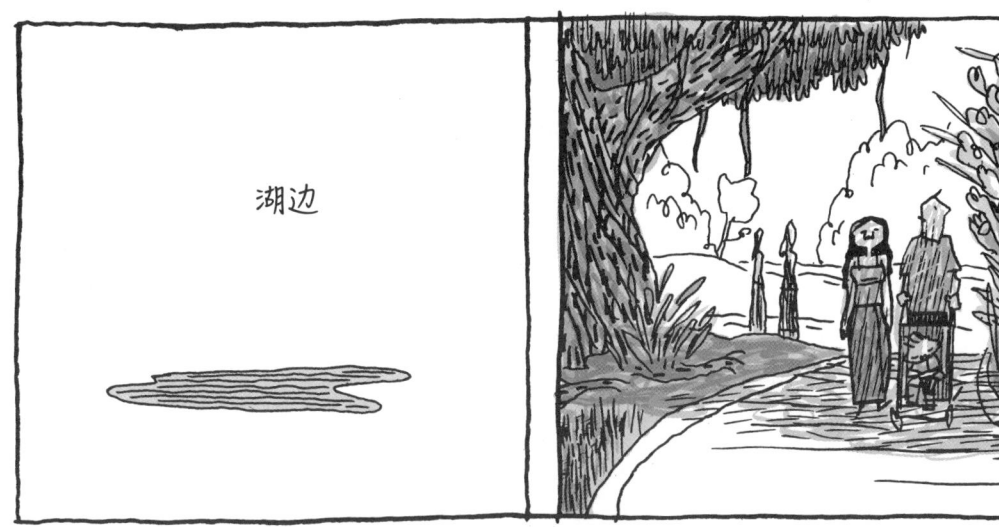

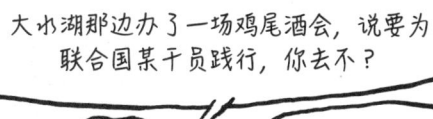

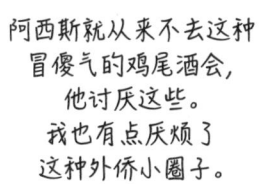

1. 丹尼尔·古森（Daniel Goossens），法国漫画家，著有《小说家乔治与路易》《宝宝大全》等。

泼水节

在雨季到来之前,当人们热得快要受不了的时候,泼水节到了。泼水节也是缅历中的佛教新年。

过去,人们在颈背上倒水以洗去自己的过错。

在邻居家

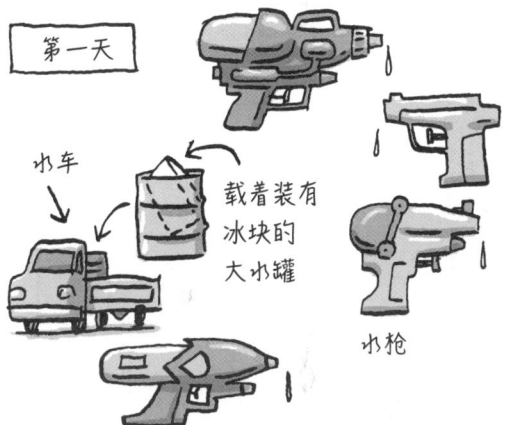

节庆活动将持续四天。

第一天

水车

载着装有冰块的大水罐

水枪

如今,我们用消防水管泼人。

哪里人多,水车就开去哪里。

水车从我家门前经过,转弯开到主街上,这里为庆祝节日建了几处水站,把湖里的水抽出来玩。

大金塔中心站

午后就开始塞车,交通基本瘫痪。

我干脆跳下车步行。

噢,水好冰!

按规矩,不准向僧侣和警察泼水。

嗷!真爽!

好一场纵情狂欢的盛会啊!这也是缅甸人一年中罕见的、被允许的大型集会。

我忽然想到,街那头就是"那位夫人"(昂山素季)的家了。透过这些喧嚣的扩音器,她一定也听到了我们狂欢的声音。而她却孤独一人待在家中……

第四天　　我倒是想待家里，省得被泼到。但没办法，我得出门去无国界医生组织办公室借用网络。

家里网络故障，而我正在等一封重要的邮件。

在一个偏僻的地方,我发现了个稀罕物。一个老旧的宾馆门口停着一辆气派的戴姆勒老爷车,车身已锈迹斑斑,仿佛从缅甸独立日那天起就已在此等候它的主人归来了。

我做了些研究:这是一辆1968年产的戴姆勒DS420豪华轿车。

我决定不花那么多时间做康复训练,在水里游了几个回合,却一直心不在焉。

一棵棕榈树倒了,池边一群工人正在维修树砸到的东西。

"如在梦境中和梦里人打交道,而这样的生活生了根、发了芽,成了我的日常。"

——《红宝石谷》,1955年约瑟夫·凯塞尔写于缅甸

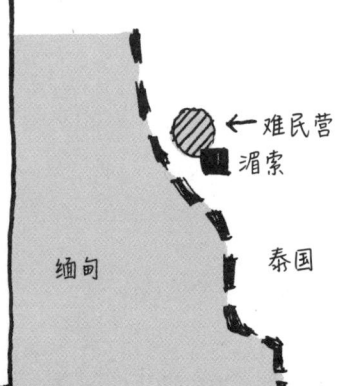

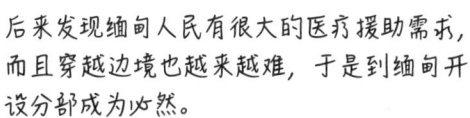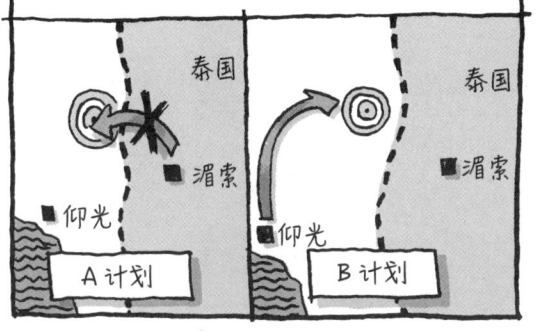

人们会把所有的垃圾全扔到卡车里,除非后院能烧掉,或者乌鸦和狗能吃。

其实,这些垃圾里也没什么值得回收的东西了。闻那个味道就知道,太可怕了。
噢,这么热的天,这些垃圾估计马上要发酵。呃……

唉!穷人整天生活在垃圾堆旁,他们是怎么忍受这个臭味的?

说真的,你还能合上眼不看,但你怎么不听、不闻、不感受?
臭死了。
出出车

这边右转。
这边,这边。

这里有家法国幼儿园,我们给路易报名了。其实他上幼儿园还有点早,但是路易很喜欢去。

第一次实地探访

终于可以去实地看看传说中的医疗区了。

袜子?
带了。
帽子?
呃,我没帽子……用得着?

最近貌似政府对通行的限制不那么严格了,我坚持要去,因为以后恐怕就没有机会了。

啊哈!激动人心的冒险要开始了!

我们在毛淡棉中转,我没有通行许可证,可毛淡棉本身是一个旅游城市,所以问题不大。离开毛淡棉之后的那段路我坐无国界医生组织的车,政府通常不会检查。

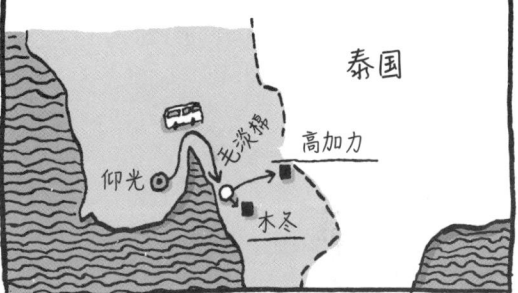

得坐一整夜大巴车,我们将于清晨抵达毛淡棉。

从城里一出来就遇到第一次路卡检查。

几个小时后,第二次路卡检查。就这样一整夜都在陆续的路卡检查中度过,有时候还得下车接受检查。

不行了!我受够了。让他们上车来查我好了。

呼噜

一次检查后,他们扣下了一位乘客。他的儿子还留在大巴上,跟叔叔待在一起,也可能是家里的其他亲戚吧,总之跟他长得很像。当车再次开动的时候,那两张脸上都写满了担忧。

一进城我们就看到了一组纪念像,估计是这个国家社会主义时期留下的。

这组人像有五个人,手拉着手,两边分别是举着榔头的工人和握着镰刀的农民。

中间三个人拿着武器,其中两个是士兵,一个是警察。这五个人都嘴角上扬,笑容可掬。

三个士兵对两个平民,如果那俩平民没有面带笑容的话——那这组雕像似乎相当准确地具象化了这个国家的体制。

怎么回事,他们说了要来接我们,现在应该到了啊……好吧,看来我们只能坐当地的公交车自行前往了,希望路上不会遇到检查的人。

好吧。

我想起了乔治·奥威尔,他19岁时曾被派到这里,在皇家警察部队当军官。在缅甸的经历让他认识到了殖民主义罪恶的一面,于是他借着去欧洲休假逃离了部队。

沿途似乎风景宜人,然而我无福消受。

首先，这种小巴车外罩一层防水油布，坐在里面完全看不到外面。

其次，就在上车前，我眼睛里进了沙子，眼球转一下都疼如针扎。我全程抱着头，想要让人觉得我只是累了而已。

大约三小时后，我们到达了目的地。

难受死了！

就是这里了。

嘿，等等。

无国界医生组织租了一栋漂亮的柚木房子。在缅甸附属于英属印度的时代，这座房子的主人是英国人，二战时日本占领缅甸，该房子也被日本人接收过。

日本人在此审问犯人，有些犯人就死在了这里。于是当地人盛传屋内孤魂野鬼横行，所以他们不怎么愿意来这里看诊。

这座城市里只有四家餐馆,我们找了一家吃午餐。其中有一家餐馆地处一座殖民时代的老房子的后面,晚上也是酒吧,卖当地产的威士忌,价格便宜但是非常容易上头,哎呀呀!

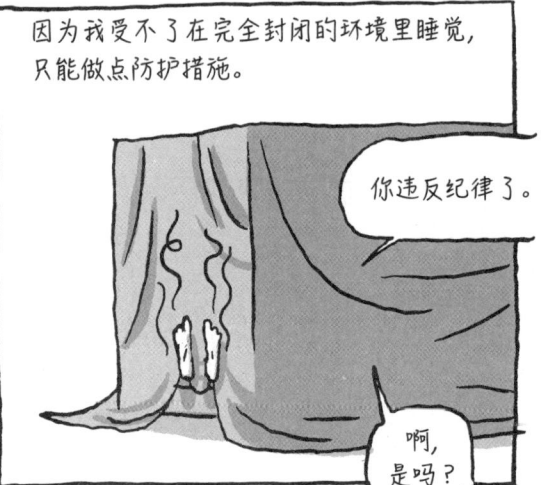

1. 日语：谢谢。

在湖边的一个小吃摊上,我们品尝到了我吃过的最美味的当地传统早餐。那里空旷宁静,游客罕至。这也许是被军方控制的唯一好处吧。

我们继续上路,前往高加力,那里距泰国边境只有几小时路程。

卡在座位中间,这次还是没机会欣赏沿途风景。

进城的时候,我不经意瞥见了一个消防站,里面的消防车看起来是二战时期的老古董了。

高加力是个比木冬更小的镇,我感觉好像来到了蛮荒大西部。

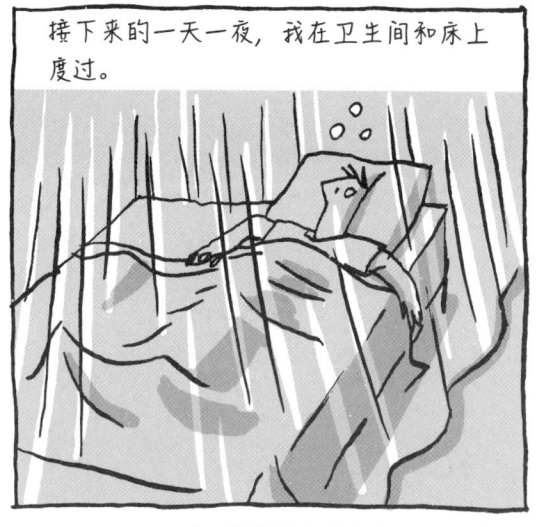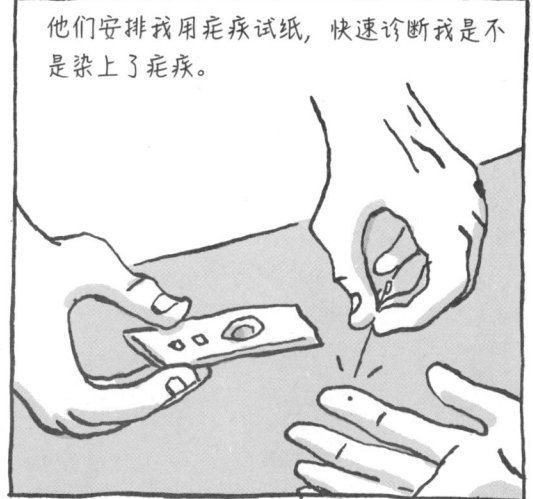

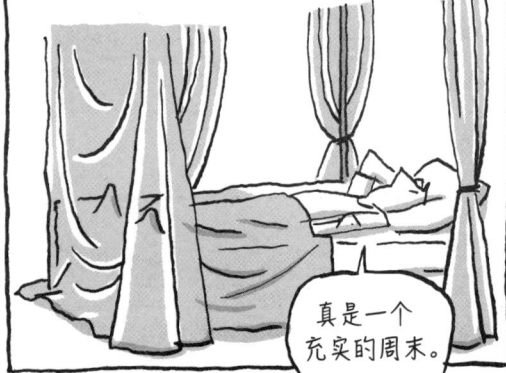

不虚此行。

← 五十铃

丰田 ↘

1943—1945年间，日本曾短暂占领缅甸，这两辆车应该是那时候弄来的。

← 之后我们乘坐大巴回到了仰光。
我一夜没合眼。

1. 传说中治疗流感病毒的首选药,价格昂贵。2009年世界范围内曾出现过跟风储备达菲的热潮。

动画研习课

因为右边胳膊疼不能画画,我的空闲时间一下子多了起来。我边学着用左手握鼠标,边设计动画课的习作。

这个周日早上,我们约在年纪最小的学生家里上课。他是公务员,拥有一套位置不错、供电充足的套房,这样上课不至于总因没电而被迫中断。

今天他们都席地而坐,手里还拿着笔记本。这真贴心,但是他们需要更配合我。

上周的练习你们做完了吗?

没有。 没时间。 没做。

看来在哪儿教书都一样。

好吧。

那该怎么办?让你们看看我做的?

好的。 好。

1. 此处说法与一些历史记录有出入。

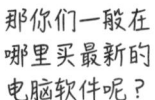

魔兽争霸
III

今天我决定做点实际的工作,尽管胳膊肘还是很疼。

我要试着用左手画画。

练一下倒是勉强能用左手写字。

但是想用左手画画,那不知道得练多久了。

好了,我得做点实际的工作,尽管胳膊肘还是很疼。

我要试着只用左手……

干翻联盟,再冲击兽族战役的第十二关!

最后我也没学会用左手画画,但是我学会了左右互搏——左右手都能灵活地使用鼠标。

1.2002年美国总统布什在国情咨文中首创"邪恶轴心"之说，指代伊拉克、伊朗和朝鲜三国。三年后，"邪恶轴心"变成了"暴政前哨"，名单里多了古巴、缅甸、白俄罗斯和津巴布韦四国。这些国家的共同特点是都是发展中国家，地理位置关键，不认同美国，处处触犯美国的利益。

我们见到了他们全家人，六口人住在这么个小屋子里。

他们给我们倒了一杯茶。在礼貌的寒暄之后，大家都沉默了，静静地听着外面的雨声。

这家人的儿子骑着自行车出去，一会儿带回了一位会讲英语的人。

How are you?

过了一会儿又来了一位先生帮我们翻译。原来每个区都有一位党代表，监视人们的一举一动。

最后他们相当亲切地送我们上了出租车。

1. 道达尔（Total）公司目前是世界第四大石油及天然气公司。

阅读约瑟夫·凯塞尔的《红宝石谷》(1955年)让我学到了很多宝石的知识。

我们的冒险家为了一窥他的珠宝商朋友如何谈生意,曾经前往缅甸中部的抹谷。

世界上最美的红宝石就在缅甸。

最极品的是"鸽血红"。

人们经过仔细的审视买下原矿石。经过打磨后才知道原石到底是宝物还是废料。经过训练的专家瞄一眼就能把瑕疵品挑出来。这是一种高风险的赌博行为。

嘿,猜猜我们今天去哪儿?

宝石博物馆

到了!

除了钻石,在这片国土的地下还有各种宝石。

蓝宝石　玉　紫水晶　祖母绿　玛瑙

噢!你们瞧,红宝石原石。

每个展示台上都是价值连城的宝石。

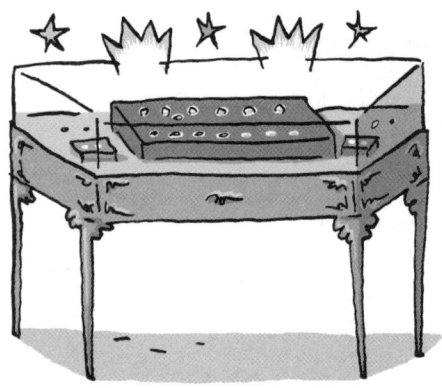

但博物馆可没有因此升级照明打光设备,电线都用透明胶带粘在割绒地毯上。

哈!这办法可真行。

离开的时候,我们经过了一排巨大的翡翠矿石。它们是刚刚从北部的矿里直接运过来的。

这样摆是因为它们要在军政府组织的一年一度的拍卖会上亮相。

缅甸拥有地球上90%的玉石矿藏。对军方掌权者来说这可是非常有利可图的资源。

他们甚至不用自己挖,而把开采权租给私人和外国企业,雇用本地劳动力去开采。

开采柚木资源也是这样。

还是不要太勉强自己。于是我决定带宝宝参加在幼儿园认识的一位妈妈组织的宝宝聚会。

妈妈们在热议这里买不到的怡泉汤力汽水,其实另一种差不多口味的汽水也还行啦,就是不能用来调琴汤尼而已。[1]

跟周边世界的脱轨有时候甚至让我感到头晕……也可能是因为我喝多了。

说到脱轨,她们讲起一个14岁的缅甸男孩开着奔驰去上学的事。一天晚上,他在仰光大街上飙车,却无人敢阻拦。因为他是某某领导的儿子。

我让我儿子从那所学校退学,送他去了一所公立学校。这样他还可以学习缅甸语。

哦。

再见,谢谢款待!

1. 汤力水是热门鸡尾酒配料,可以用来调琴酒。

漫画

为了了解缅甸的漫画,我逛了许多书店。

有些书与其说是漫画,不如说是童书。总之这些作品整体品质很一般。

还有一些米老鼠和查理·布朗的新编故事。

在一些女性和运动杂志中能看到一些优秀的插画作品。

偶尔,你会遇到砂砾中闪光的金子。

老画师出来迎接我们,他女儿给我们买饮料去了。

他家是一居室,用一块板子隔出了卧室。简直是家徒四壁。

闲聊一会儿后,他拿出了一本20世纪70年代的漫画原稿。

你知道吗,这可是我们一代人的启蒙啊。

他年轻的女儿买来了可口可乐。别人都不喝,我不好意思推拒,只好接受了。

呃……

不知道为什么,我很感动可以来到这里。在世界的另一端,在这个老画师的家中,我静静地翻阅着他的漫画手稿。

实际上,嚼槟榔算是缅甸古老而高贵的传统。

"在鼓声中,锡袍王¹与一众高官显贵走了出来。他刚一落座,宫女就在他面前摆上了一个盛着槟榔的金盒、一个痰盂和一碗清水。"
——《法国人在缅甸》
马埃·德·拉布尔多内,1880年

网吧里有些亚洲面孔的外国人,他们上网是为了打跨国语音电话。缅甸当地的那些少爷则在网上冲浪或是组队打战争游戏。

重要的是网吧有懂行的网管。

我进不去邮箱。网站被屏蔽了。

我看看。

能上网就能翻墙。

嘿嘿!

这个颜色弄得真不错,可以,通过了!

好,趁着能联网,我也玩一会儿。

我的小乐子就是看先前的使用者都搜索了些什么。

通过这个小游戏,我们可以迅速了解人民的诉求和忧虑。

更新杀毒软件
比利时性爱
澳大利亚性爱
波兰性爱
法国性爱
壮阳

哎呀,有人真是闲得无聊。

1. 锡袍王(Thibaw Min),缅甸贡榜王朝的末代国王。

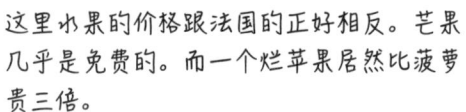

果酱馅饼 & 芝士酱

今天早上,美国俱乐部组织的"雨季联赛"进入决赛,纳黛琪参赛了。

我和路易来当啦啦队。他们队的主要成员是法国非政府组织的工作人员。

加油!

冲啊——!

美国俱乐部坐落在茵雅湖北面,距离上很远,但方向正对着昂山素季家。

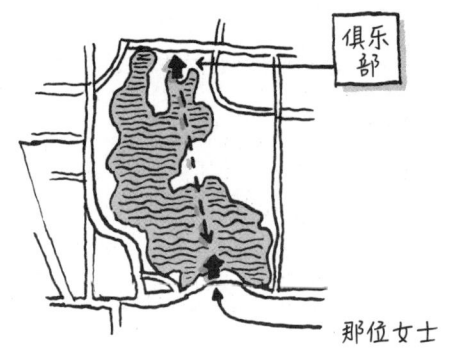

俱乐部

那位女士

每年昂山素季生日那天,他们都会在湖的另一边放飞气球向她致意(只是听说,我没真见过)。如果她那个时候正好对着这个方向的话应该能看到吧。

哟吼!素季!

这个俱乐部里应有尽有:游泳池、网球场、力量训练中心……但是一切都破败不堪,甚至荒废。我们只能想象这里昔日的荣光了。

2003年贸易禁运后，美国企业纷纷撤离了这个国家，只留下一小部分美国大兵。

甚至石油企业也都终止了在这里的项目。优尼科公司就把自己的开采特许权转让给了法国道达尔公司。

大使馆尚存，但是没有大使。现在只剩个外交随员[1]全权代表美国。"9·11"后这座位于市中心的大楼被改建成了一座地堡。它所在的街道禁止通行并禁止拍照。

奇怪的是他们又（在湖南边）新建了一座大使馆，规模并不小，足足花了五千万美金。

这真是美国外交的一件不解之谜。为什么要在一个美国不承认主权而且实行禁运制裁的国家斥巨资建这么大一座大使馆呢？

1. 驻外外交人员衔级最低的一级。

1. 独立包装的冷冻或冷藏餐食。因餐盘形状和 20 世纪 50 年代的电视面板相似得名。

茵莱湖之旅

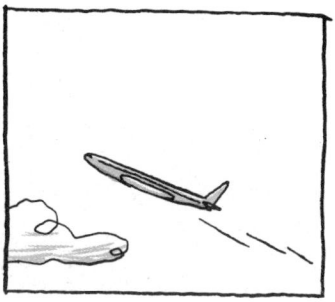

道达尔

在来缅甸之前,判断是非对错很简单。道达尔公司收买贿赂军政府,是坏人;无国界医生组织这样的非政府组织救治病人,是好人。

最开始我有点提防。

但是跟几位道达尔的员工交流后,我发觉他们的本质并不坏。

道达尔在仰光资助了一所法语学校。一天,我被邀请去给高年级学生做漫画讲座。

一共就你们三人?
是的,先生。
初中部还有七个人。

三个人中还有两个人睡觉不听。

道达尔开采耶德那地区的近海油田,然后通过输油管道销往泰国。

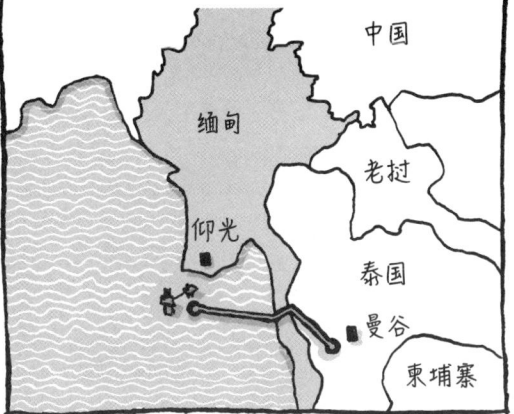

建管道必然要途经很多村庄,免不了拆迁,拆迁又需要大量人力。军方在需要的时候从来不惜强拆强征,至今也是如此。

为了转移人民的注意力,道达尔投资一系列的社会福利建设项目,但这些工程都聚集在输油管道沿线。

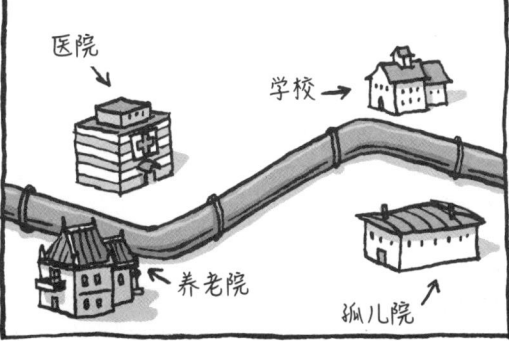

石油危机时,许多国家觊觎缅甸的能源资源。

例如英国的第一石油在经受不住压力和罚款撤离了这个国家之后,马来西亚国家石油马上就接手了。

钻探作业一刻也没有停止过。

约翰,英国人,现在在马来西亚国家石油工作。

"马来西亚人来了以后就消停了,以前总有人捣乱。"

"他们留下了之前的员工吗?"

"大部分都留下来了。"

急救知识

如果你儿子被蛇咬了，你知道怎么办吗？

这附近的蛇毒性很强哦。

在一次宝宝聚会上听到了这样的话使我决定参加一个在红十字会办公室举办的急救知识培训。

我们的老师是一位会说英语的缅甸人。他采用了20世纪初的一种教学方法——逐字逐句地把教材的内容念给我们听，尽管教材复印件人手一份。

这次培训历时四天，然而才刚开始半小时我就受不了了。我强撑着想坚持到午餐休息时间。

这让我重温了漫长的校园时光，昏昏欲睡地等待着课程结束。

当然也不能说完全一无所获。我学到了如何保存截肢以便未来移植。

午餐过后，我还是回来做实践练习。

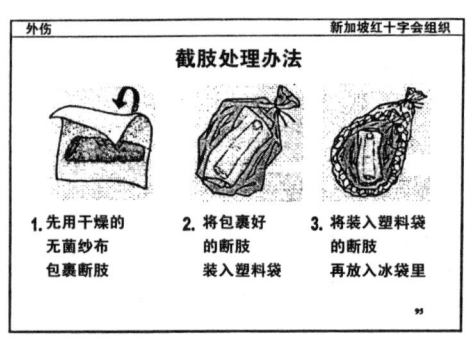

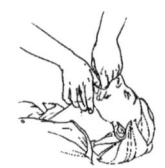

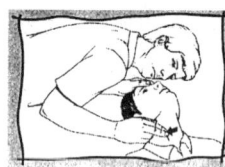

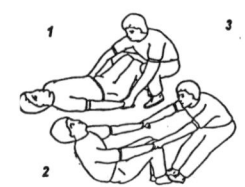

第二天我又强迫着自己去上课，但是实在乏味透了。午餐后我就逃课了，一边在老城区散步，一边在心中祈祷毒蛇离我儿子远一点。

大撤离

这个国家一向不按常理出牌。今天早上,政府开始迁都。

这个消息迅速传播开来,但是没人相信这是真的。

哦,这怎么可能。

然而搬家的卡车就停在政府办公大楼前,正在一点一点搬空他们的办公室。

最早搬走的那批官员在24小时前刚得到通知。他们不得不把家眷留在仰光。拒绝执行命令的人会被关进监狱。

难以想象,所有传闻中最不可思议的居然成了现实。

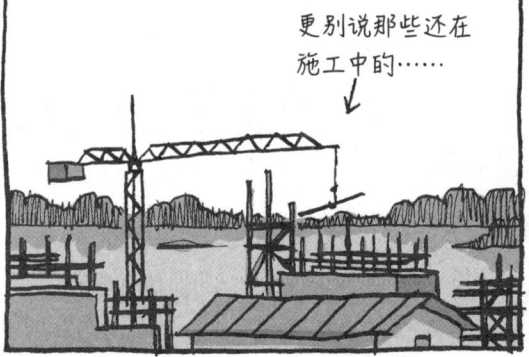

1. 意为"王的居所"。

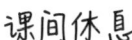

路易的幼儿园旁边就是反饥饿行动组织的办公室。

在一次晚会上,有个他们的人跟我说:

他在那儿!我看见他了!
他窝在那儿干啥呢?
为什么他不跟别的小朋友一起跑?

那边那个大孩子一直欺负他。
喂,小屁孩,离我儿子远点。

糟了,有人发现我们了。
他叫你儿子看我们呢。
快藏起来!

嘿嘿嘿!
别笑了,我们会被发现的。

米妮儿和她的天使们

室外温度26度,我的邻居竟然还戴着毛线帽。

敏嘎拉巴!

啊,我忘了,路易不在的时候我是透明人。

昨晚在市中心又发生了一起爆炸。所幸这次无人伤亡。

出租车!

没有请愿也没有骚乱,这里一切都如往常般平静。因为政府的高压独裁,人民已经日趋麻木。

就在上周,当局宣布将昂山素季的软禁时间延长六个月。国内完全没有反对的声音出现。看样子军政府的逍遥日子且过呢。

今早,我去了荷兰MSF办公室,他们请我画些健康科普插图。

嘿,你就是那个画漫画的?你就不想对社会做点贡献吗?

哦,当然,我乐于奉献……

他们想为患艾滋病的幼儿编一本书,用好玩的方式提醒他们一天吃两次药。

一本书?

缅甸是世界上最大的毒品生产国之一。在这个国家的一些地区甚至能自由交易海洛因。吸毒者众多,医疗卫生条件却极差,导致艾滋病病毒急速蔓延,遍地的风月场所也加剧了疾病的传播。

这些病人全靠外国机构出资医治。外国机构采购的是泰国的抗逆转录病毒仿制药,报关手续繁杂冗长,因此经常有医生在一天内往返曼谷,背着几大箱行李带回药物。

为一本童书作画是否让我感到"对社会做了点贡献"?我承认此刻没有。然而三周之后,我感受到了一些不同。

我们要去参加缅甸一年一度的杰出漫画家表彰大会。我听说我们要去一位德高望重的老漫画家家里。他病得很重。

我不敢相信自己的眼睛。大约150位漫画家出席了这场盛会。我的学生介绍我跟大家认识,我握了很多双手。

后来我又见过其中的几位年轻画师,或是去看他们的画作,或是一起谈论欧洲漫画。

我邀请其中一位一同创作一本书。他在蒲甘长大,蒲甘是缅甸观光业最发达的城市。

1990年5月的一天,政府下达命令,要这里的居民离开他们的家,搬到几公里以外一个叫"新蒲甘"的地方。

他们最开始断了电,然后断水,最后开着推土机来了。

我知道这个故事。我希望这次强征用地的一位见证人能用图画来讲述这些。

一开始他同意了。但是不知道为什么,最终没能一起创作。

我还遇到了一个画风有点情色的画师。

对于缅甸的出版规定来说,这些画过于大胆了。

典礼开始的时候,他被推到两位同样年长的漫画家中间。

发表祝贺词的同时,人们一一上前敬献红包。

会上发生了件怪事。两位老漫画家中的一人站起身来,向中间那位叩头。

回去的时候遇到了动画小组的朋友们。他们一个个神色肃穆,说有话要跟我说。呃,我做错什么了吗?

原来他们要留下帮忙,但是坚持要替我付回程的打车钱。

何必呢?我的第一反应是拒绝。但是看到缅甸人对长者和老师那么敬重,我也不想让他们不快……

即使我知道,打车钱对他们来说是一笔巨款。

呃,好吧……

周日晚上

甚至能闻出来周末就要结束了。天太热,周末攒了两天没洗的碗都有味了,怪味慢慢飘散到客厅。

我记得刚开始我都会体恤有加地在周日晚上打扫好厨房,这样周一早上保姆就不用做了。当然,这样做让我心安理得地觉得自己是个好人。

后来无数次我看到其他外国人家里一个保姆准备早午餐,另一个看孩子。这让我不免有别的想法。

"是啊,但我们周日可是多付保姆钱的。"

呸!

说的就跟保姆不会拒绝周日加班一样。

她们会说:"不,谢谢,劳动合同上写了允许我一周至少休假一天,我还得照顾我自己的孩子呢。"

况且周末是我唯一可以半光着身子在家里晃悠的时候。之所以"半光着",因为孟艾常在附近溜达,有时候会敲我们的窗子问问题。

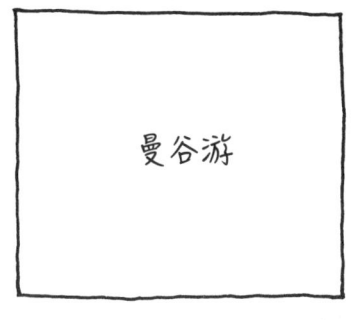

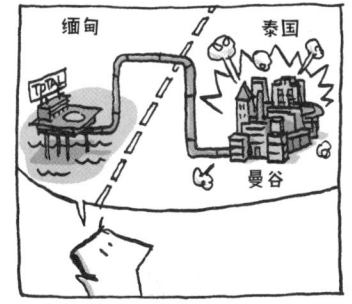

开车

自从宣布撤离之后,无国界医生组织内部一片愁云惨雾。

医疗区的医生早就回国了,却没人接替他们的工作。留在这儿的人也很快会失去生计。

面对这个局面,纳黛琪尽全力帮助他们找新工作。

喂,您好!我看到您那边登广告说要招保安……

直到我们离开的前一晚她都在为此事奔波。

局势变得这么松懈,我倒是有了个新体验:在缅甸开车。

当了一年的乘客,这回轮到我坐到方向盘前了。这个国家大部分汽车的驾驶座在右侧。

缅甸很可能是世界上唯一"双重靠右"的国家：既靠右行驶，同时英式汽车的驾驶座也在右侧。导致这种现状的两个政治原因——

为了告别被英国殖民的过去，奈温一拍脑门决定汽车靠右行驶。

1961年路上车还不多，所以这个改变没遇到太多问题。

另一个原因跟贸易禁运有关。能进口的都是日本车，同样驾驶座在右边。

"双重靠右"的结果就是：超车真不容易。

我现在终于明白为什么这里大巴车左侧的门都是封死的了。

也明白了为什么副驾驶座总是有人——为了指导司机超车。

有些行人随意乱穿马路。如果司机不小心撞伤或者撞死人，那肯定会被送进监狱，不需要经法院审判。

一位外侨曾经遇上过这种事，最后通过各种外交努力才把他从监狱里弄出去。

但是如果撞伤了一位僧人，那就等着把牢底坐穿吧，谁也救不了你了。

这么一想好紧张啊。

可我一直没有拿到去医疗区的通行许可证。于是我们和阿西斯说好，我晚上住在旅游城市毛淡棉，白天跟他们一起去实地走访。

我们的大巴车在距离目的地还有几公里处熄火了。一开始我们还在等着修好,但后来还是跟其他乘客一样,拦下当地的公交车,完成了剩下的行程。

阿西斯和纳黛琪肤色较黑,被当成了缅甸人。他们跟他俩说缅甸话,他俩假装都听懂了,还拿到了找的零钱。

我呢,一看就像个无助的游客。一个好心人过来帮我翻译。

他说……你坐车……去村里?

呃……好,谢谢。

噢!

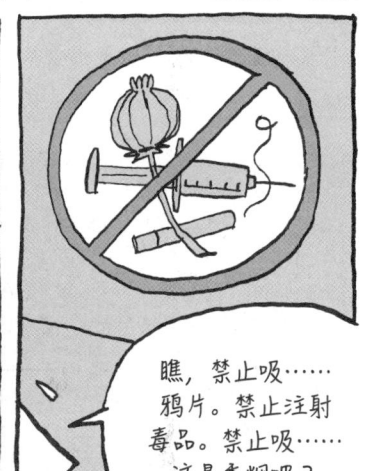
瞧,禁止吸……鸦片。禁止注射毒品。禁止吸……这是香烟吧?

我们比原定时间晚了几小时到达毛淡棉。无国界医生组织派了辆车接我们去木冬。而我今晚需要再折回,住在毛淡棉的酒店里。

木冬办事处冷清多了。外国工作人员都走了,工作任务也逐渐减少。对于这里的雇员来说,一个时代结束了。

阿西斯留下做盘点，我和纳黛琪去走访传说中的诊所。

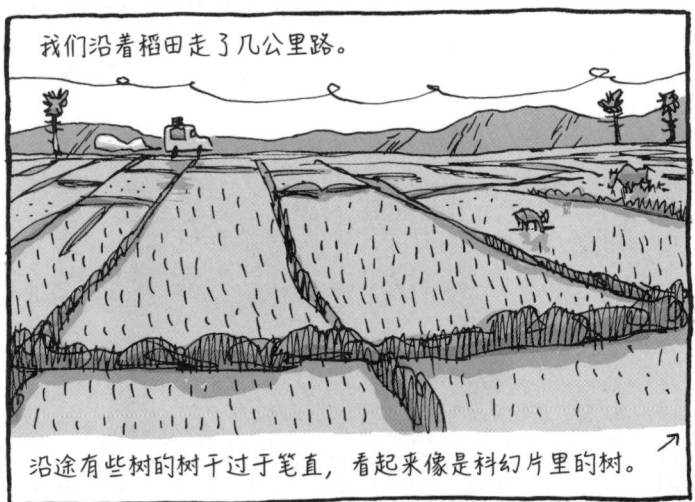

我们沿着稻田走了几公里路。

沿途有些树的树干过于笔直，看起来像是科幻片里的树。

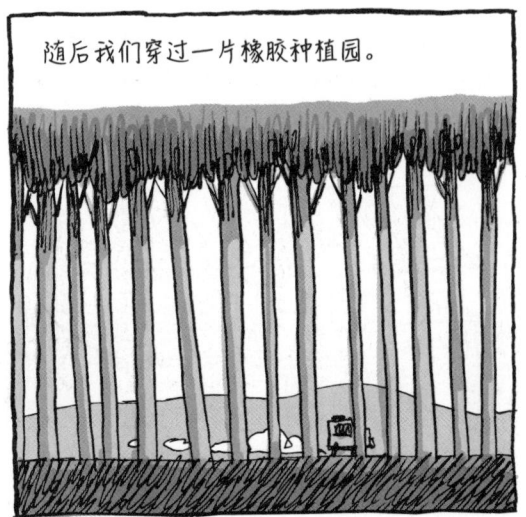

随后我们穿过一片橡胶种植园。

瞧，这些种植园的工人经常生病，因为割橡胶通常在傍晚，那时也是携带疟原虫的蚊子最活跃的时候。

是这里吗？

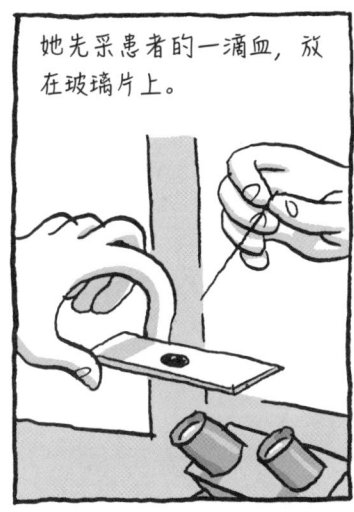
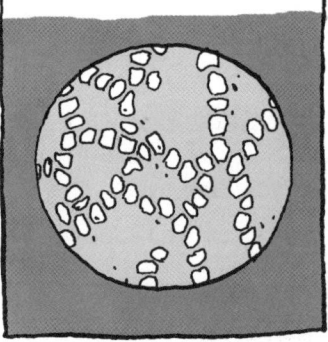

缅甸人的平均寿命不长,大约是60岁。

我被送回酒店。我很高兴终于在这里找到了无国界医生组织存在的理由。同时,我也找到了我来这里的理由。

我们留下一笔奠仪,离开了办丧事的这家人。

隔天,我来到毛淡棉,等待回程的汽车。

那夜发生的事真跟噩梦一样。坐在我后面的乘客一整夜都在不停地咳嗽,还大声往塑料袋里吐痰。我希望他不是得了结核病。

这还不够,有人居然带了榴梿上车。这种体积巨大的水果会散发恶臭,飞机上都禁止携带这种水果,我看大巴车上也该考虑禁止携带榴梿。

我把线帽搁哪儿了?

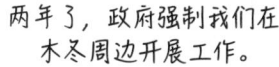

无国界医生组织的使命是援助最无助的弱势群体。拿我们来说,我们本来来缅甸是为了救助泰缅边境山区的克伦族。

但两年来当局一直跟我们兜圈子,不让我们去该去的地方。

所以这里没有适合我们开展人道主义行动的空间了。

如果我们在这个时候继续留下,那实际上就变成了政府的帮凶,甚至沦为他们不公平对待人民的工具。

这和我们的目标背道而驰。

与其这样,我们还是离开这里比较好。

那为什么其他的非政府组织还留下来呢?

其他的非政府组织没有遇到我们的这些困难。他们在这个国家还有工作空间。

非政府组织也有很多种啊。有些规模很小,只限在缅甸开展工作,他们还能去哪儿啊。

有些打着人道主义的幌子办企业、做买卖,人家只要能赚钱就好。

还有一些满不在乎的,因为住在这里能混日子。

有些组织只想募捐和筹款,挂上缅甸二字就容易多了。

还有一些完全是被各国政府资助的组织,他们的自主权很有限。

尤其,有些组织根本不思索他们的使命。但我们的行动或多或少都会对我们所帮助的群体有重大的影响。

你说混日子的是哪些组织?

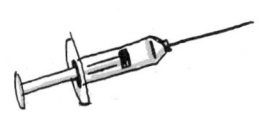

密支那

(缅甸北部克钦邦首府)

我们最后一次短途旅行没有选择去旅游,而是接受了两个在荷兰 MSF 工作的比利时朋友的邀请,去缅甸北部拜访他们。

不丹 / 印度 / 中国 / 孟加拉国 / 缅甸 / 越南 / 老挝 / 泰国

去那边只能坐声名狼藉的缅甸国营航空的飞机。

哎,没什么好怕的,已经整整一年没出现坠机事故了。

一年!

真棒,能坚持一年不出事故。

为了鼓励我们,周围所有坐过它家飞机的人都凑过来分享他们的故事。

……突然,警报器响了,空姐赶紧跑到驾驶舱去了……

出发的那天,我手心直冒汗。

机舱竟然漏水,冷凝的水滴滴了我一身。

然后他们介绍了纳黛琪（管理人）和我（插画画家）。

他就是儿童艾滋病防治宣传手册的画师哦。

噢噢噢！
啊啊啊！
画得真好！
非常感谢！
我们每天都看哦。

←我的高光时刻

这里离金三角不远，吸毒者泛滥，要做很多预防工作。

安全套和注射器都是免费发放的。

每个月要发七万个！

周边城市也开了几家诊所。帕敢镇有玉石矿，租给外国企业开采。

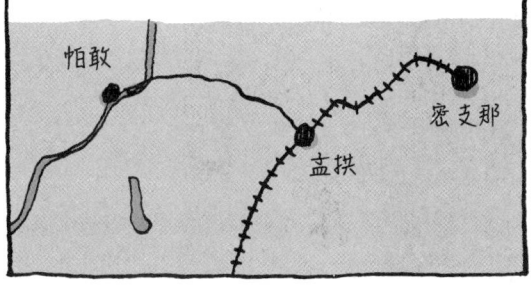

听说塌方的时候雇主根本不管有没有人伤亡，只管继续向前挖掘。

人们转述了不少该区发生的卑劣之事，我本想去这个21世纪的蛮荒之地看看。但是不行，无国界医生组织申请了几个月都没能取得通行证。

1. 亚历桑德罗·佐杜洛夫斯基（Alejandro Jodorowsky），导演、制片人，同时还是比较宗教学家、历史学家和精神治疗师。其电影风格魔幻前卫，20世纪80年代开始他为许多系列漫画编写脚本，代表作《合金男爵》《印卡石》等。

1. 盐酸美沙酮，麻醉性镇痛药，可用于阿类片依赖的脱毒治疗。

---

1. 古印度的一种通用俗语，被上座部佛教尊奉为佛陀的语言，在印度本土已经消失，但在缅甸、泰国、斯里兰卡等地仍有留存。

在我的小房间里只有一张床和一台在这神地方可被视为奢侈品的电风扇。

这栋楼应该是外宾楼。走廊那边住着两个中国人,楼下住着一个印尼人。

帕达阿敏
中国西藏

但是我们也不会和对方交流。因为我们来这里不是为了社交——那本手册里写得很清楚。

我看了下行程表:凌晨3点起床,9点洗澡,11点用餐(一天只吃这一顿),21点就寝。一天都在静坐禅和步行禅交替中度过。

关键是不能错过11点那餐饭。

根据时间表,现在是修禅时间。我到处找禅房。在路上,我实践了该寺的内观技巧,凝神体会自己行动的每一个细节。比如走路被分解为一系列连贯的动作,要全神贯注体验每一个动作,所以我们的行动自然就放缓了。

噢,这屋里全是女人,
我应该进不去。
该有专给男人修禅的地方吧。
但在哪儿呢,楼上?
怎么过去呢?

绕了半天,我终于找到了男性专属的禅房。因为一路上走得慢吞吞的,这次内观估计已经开始一段时间了。所有的僧人都在自己的位置上。

我坐下,试着集中精神在呼吸吐纳上,凝神静气,放空大脑。但我有点过于紧张,总是杂念丛生。

我在房间里等饭点。

我走下楼到院子里,一个人也没有。我又去了那个我认为是厨房的地方,还是没有人。我们在哪儿吃饭呢?怎么去呢?

我迷惑地回到房间,幸好那位中国同伴过来帮我指破了迷津。

嗨,该吃饭了。

好,谢谢你。

啊,应该是这里了。

我得和他们一起排队吧。

斋饭很丰盛。我以前以为佛教徒都吃素。其实并非如此。[1] 今天就有鸡肉和巧克力碎冰激凌。

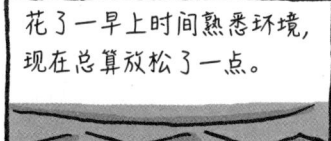
花了一早上时间熟悉环境，现在总算放松了一点。

对于步行禅我依然不太能抓到窍门。

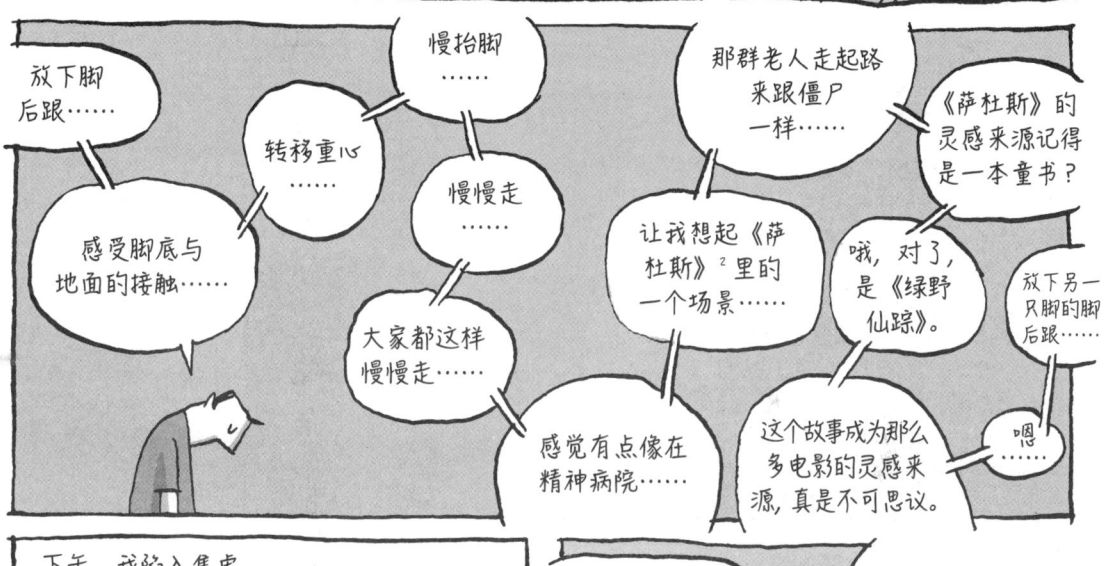

放下脚后跟……

慢抬脚……

转移重心……

慢慢走……

感受脚底与地面的接触……

大家都这样慢慢走……

那群老人走起路来跟僵尸一样……

让我想起《萨杜斯》[2]里的一个场景……

感觉有点像在精神病院……

《萨杜斯》的灵感来源记得是一本童书？

哦，对了，是《绿野仙踪》。

这个故事成为那么多电影的灵感来源，真是不可思议。

放下另一只脚的脚后跟……

嗯……

下午，我陷入焦虑。

我在这儿干啥呢？

我再做做样子，今晚就回家。

见鬼，我为什么告诉大家要在这里待三天？

与其在这里浪费时间，都不如带孩子去游泳。

我现在就想回家。

1. 上座部佛教可以吃荤。
2. 《萨杜斯》(Zardoz)，美国科幻电影，讲述三百年后地球被一群高级科学家统治的故事。

想到可以回家，我放松下来，倒是感觉可以继续待下去了。	内观禅修比想象中更考验人。
手册上说，当注意力集中到某种程度后就能忘却痛苦。对我来说，一点点小刺痛可以忍，但是一小时后我浑身都疼。	禅修中的姿势变化：
我太佩服我前面的那位灰衣外国僧人了。他端坐两个小时，纹丝不动。	看起来真像是浮在另一个世界里。我不禁好奇他来自哪里。日本？也可能是韩国？

第一天就这样结束了。21点，我累得直接睡着了。

凌晨3点闹钟响起。第二天开始了。

在 5 点 30 分吃早餐前,我决定换穿笼基¹。我以前穿过一次,但是穿着这种长裙子从来都不会让我感到舒服。

在寺里住了一天一夜后,我慢慢找到感觉了。

我看见出门化缘的僧众们,他们也会经过我家。

住在寺里让我有机会欣赏这座雄伟的宗教建筑的内部。

我有种奇怪的感觉,好像我到了镜子的另一边。

待在这里,会觉得自己天生就属于这里。镜内另一边的人都支持、鼓励你留下来。

1. 缅甸最具代表性的服饰,类似筒裙。

走之前我把身上所有的钱都投进了功德箱。

要是早知道这个地方,我不会等到现在要回国了才来。

好了,盖居士重入红尘,重进轮回,混入无明的芸芸众生中。

三天共42小时的内观禅修让我从心底感受到从未有过的平静。整个人神清气爽。不知道这种状态能保持多久,重返人间后可能很快就不复存在了吧?

纳黛琪今晚生日,生日宴会鼓乐齐鸣、笙歌鼎沸,正热闹非凡。

准备好了吗,狂欢开始啦!

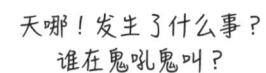

在热带的炎热夜晚听圣诞歌曲还真是别有风味。

晚些时候,孟艾来了,他指责我不该给那些人钱。他说那些人其实是佛教徒,假扮成基督徒。

那又怎样?挺好听的啊。

这天晚上,动画课的学生们来找我吃告别晚餐。四个人都来了。

吃饭前,我们上了最后一次课。

用我们学过的基础知识,你们现在完全可以做出好动画了。

他们选了一家缅甸大众餐厅,我就喜欢吃这种家常菜。一起度过了这么多时光之后,他们相当了解我了。

30.4度,这是我目前能忍受不开空调的最高温度。

翻看过去的记录,刚到这里的时候,26.5度我都受不了。看来没有什么是我们不能适应的,包括令人窒息的炎热天气。

房子一点一点地被清空,离开这里的日子越来越近。

感觉生活要翻篇了。

无国界医生组织的任务也结束了,所有东西都得清理掉。办公室和家里都在大扫除。

我们的东西太多了。几个星期以来,我们已经托付了好几个箱子给回法国的朋友们,托他们帮忙带回去。

想取回行李,回去我们还得环法一圈。

喷。

无论如何,走时比来时东西多多了。

头疼!

只剩几天就要离开了,幸好纳黛琪帮所有的工作人员都找到了新工作,好歹让我们走得安心些。

来到这里一年多,我觉得我看到了我想看的。